后浪出版公司

写小说如何打草稿

[美] 克里斯·贝蒂（Chris Baty）
琳赛·格兰特（Lindsey Grant）
塔维娅·斯图尔特-斯特赖特
（Tavia Stewart-Streit） 著

葛秋菊 译

江西人民出版社

目录

引　言 ··· 1

第一章
头脑风暴 ··· 4

第二章
创造人物 ·· 14

第三章
构思 ··· 48

第四章
探索背景 ·· 76

第五章
动笔 ··· 96

简单的写前动员 ·· 110

创作园地 ·· 112

拖延站 ··· 147

引 言

你来啦!

你好啊,欢迎你!我们太为你高兴了,刚才闲逛时还在聊你的新小说。你看到你的书了吗?相当有趣!故事很精彩!包装也很漂亮!

你已是胜券在握了。接下来的一个月里,我们将助你一臂之力,让你和你的小说增进对彼此的了解,这让我们兴奋不已。在这个过程中我们将进行实地考察,规划开篇,跟踪观察一些有意思的人,设计神秘的转折,绘制地图,打造一台威力十足的情节发射装置,让你一头栽进小说的世界里。当你完成这本日志的时候,你就明白今后应该如何创作小说了。

此外,你还将拥有一幅色彩漂亮的费奥多尔·陀思妥耶夫斯基(Fyodor Dostoyevsky)的肖像。

与你同行

作为"全国小说写作月"(National Novel Writing Month)的组织者,我们与20万参与者一起写作,在每年11月品尝用30天完成5万字小说的快乐和挑战。我们三人一共完成了17部还算不坏的小说,而且很幸运地帮助数千人完成了他们的写作。虽然我们不敢妄言对如何写虚构小说无所不知,但是就小说的准备阶段而言,我们的确花了大量时间来研究哪些方法是有效的、哪些是无效的。

这本练习册里包含的练习、提示和创意,都曾一次次帮助我们(和我们的朋友)享受富有成效的小说写作月,屡试不爽。你还不知道写什么?《写小说如何打草稿》会帮你找到答案。如果你已经有了想写的故事,那么我们可以帮助你确定故事架构,让你的人物更丰满,并对你的故事进行多方面的挖掘。

你可以以多种方式利用《写小说如何打草稿》,比如:随机翻阅,寻找瞬间的灵感;有条不紊地从头到尾钻研;或者直接翻到108页,与上面那只手击掌,直到鼓起写作的勇气。这是一本不受任何规则限制的练习册。如果加上最后期限(我们都爱最后期限!)可以大大提高你的效率,那么可以考虑在各种练习精彩纷呈的一个月里使用这本书,比如像下面这样安排:

精彩纷呈的一个月

第1周	第2周	第3周	第4周	第4、5周
头脑风暴	人物	情节	背景	动笔

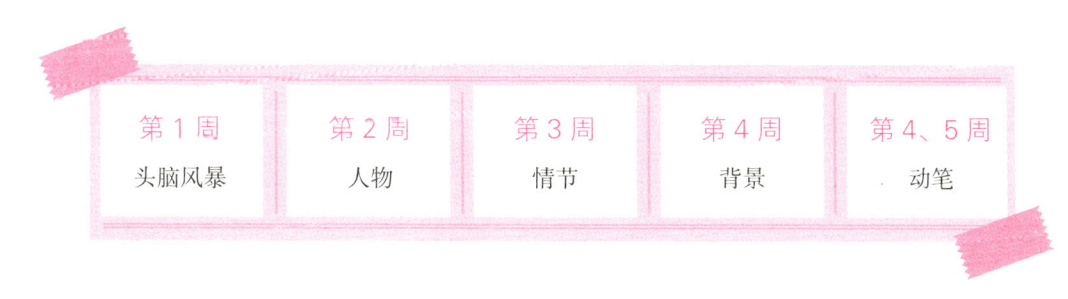

破坏实验厨房 练习

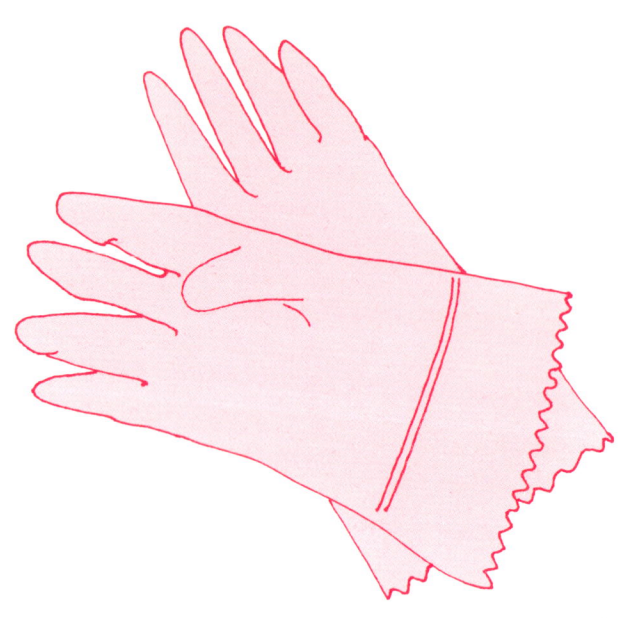

不管你怎么安排时间，小说计划总是在你任它乱七八糟的时候最有效果。把《写小说如何打草稿》当成一个实验厨房，你现在的任务是穿上围裙、戴上护目镜，拿起东西往墙上扔，看哪些东西会粘在墙上。

就本书而言，这个练习的意思就是让书里空白的纸张布满墨迹。不管写什么，都不要认为你应该在有100%信心可以细致入微地刻画一个人物或者完美呈现一段文字时才下笔。这种想法会吸走你的灵魂，阻碍你的产出，让你寸步难行。只管写！如果写出来的东西不大对劲，你随时可以划掉重写。除你之外，没人会看你写在这里的东西，所以你大可以无拘无束地用絮叨的文字应对这些写作练习、清单和调查表，尽管刚开始你会觉得不自在。

为了帮助你进入恰当的思维模式，我们准备了一个小任务。（没错，引言部分还没结束就让你做这做那的确不合理，可我们就是如此专横，而且这个任务很重要！）

这个任务叫作"涂鸦填框"，如你所想，就是乱写乱画，把下面这个方框填满。尽管随心所欲，你可以从你的宠物的角度出发，列一张待办事项清单；把你最好的朋友的左边鼻孔画下来；列举你之前吃的最后五样东西并排序；把钢笔里的墨水甩出来洒在纸上，把纸对折，做一张罗夏测试[①]中的墨迹图。唯一要求就是把框填满。准备好了？动手吧。

[①] Rorschach test，著名投射型人格测试。主试者向受试者呈现偶然形成的墨迹图，记录分析受试者对图像的看法，从而进行诊断。——译者注

好了？完成了？完全填满了？你是否已经在为上面的部分内容感到难为情了？

很好。在上面留下这些东西，意味着你已经在告别自我批评、迎接创造力的道路上迈出了第一步。记住，你用墨水、蜡笔或者颜料在这本书上留下的任何一点痕迹，都能滋养你的小说，让它更丰富多彩。不成熟的想法、古怪的观念、涂鸦、你写出来又划掉的坏念头，在这里都是受欢迎的。

现在你的袖子已经卷起来了，指头上也沾了墨渍（或颜料），那么我们的文学冒险就真的可以开始了。嘿！激荡的大脑！

第一章

头脑风暴

练习清单

- [ ] 激情清单
- [ ] 变戏法
- [ ] "如果……呢？"
- [ ] 你的故事风格
- [ ] 文学式洗碗
- [ ] 网上冲浪——灵感高速公路

关于你的小说，我们要告诉你一个好消息和一个坏消息。

好消息是你已经拥有大量写作材料，不管你是否意识到了这一点。构成小说核心的刺激、滑稽、令人心碎的素材就藏在你周围，在身边同事们的对话里、你最爱听的歌里、你前一晚收看的真实性可疑的电视真人秀里。一些绝佳的想法可能恰恰包藏在看似庸俗的点子里——你必须先去其糟粕，再取其精华。

现在告诉你一个坏消息，那就是你不可能将接下来一个月里出现的所有奇思妙想都用到同一个故事里。你要在本章完成双重任务：大量发掘小说素材，然后精挑细选，将最具吸引力的部分用到故事里。所幸，这是一项愉快而鼓舞人心的任务。事实上，一些作者过分热衷于头脑风暴这个阶段，以至于忘了去落实他们多年的写作计划。你应该不会遇到这个问题。

在浏览这部分内容，寻找新的写作思路——或者在现有计划的基础上寻找补充意见——时，不要忘了以下三点：

1. **灵感就像名人，往往结伴而来**。他们反复无常，贪心地攫取外界的关注，而且从不亲手打理内务。但从积极方面讲，他们社交广泛——你只要结识其中一两位，其他名人也会陆续出现在你面前。所以，一有时间就琢磨你的书，一旦有一两个好点子出现在你脑中，更多想法就会接踵而至。

2. **记录无遗**。每当创意如火花闪现，立刻将其记录在这本日志后面的"创作园地"部分，不管它是多么不起眼的想法，不管你对自己的记忆力多有信心。本以为难忘的情节最后却记不起来了，每个作者都有这样的痛苦经历。另外，一定要把有趣的观点也记下来，哪怕你确信它们不适合你当下的小说。如果你正在写的故事不需要它们，也许这个故事的续集刚好需要。

3. **两个活跃的大脑比一个更高效**。把你现有的内容分享给你的朋友——不管是一些零散的想法，还是一个成熟的情节——然后探讨出多条可采用的故事主线。（如果最后你果然采用了友人的建议，那么在拿到第一张版税支票的时候，你可以在你的游艇上为他准备一席答谢宴。）

特别提醒杰出的学霸型作者，就算你的小说已经大致具备情节、背景、人物和风格，本章内容可能仍然有助于你将故事写得更有层次感。如果你的整个故事已经定下来了，那么你可以跳过下面的练习，直接翻到"创作园地"。我们希望你可以在那里把故事梗概写下来，就像跟一位朋友一部分一部分地分享一样。写完后，阅读故事梗概，用下划线或彩笔标出需要完善的部分。然后，回到第二章（第14页），进一步了解故事里的主要人物，开始填补漏洞。

激情清单 练习

为了开启头脑风暴，请列举能刺激、鼓舞或吸引你的地点和事物。例如：烹饪，粒子物理学，圣洗池，19世纪40年代的洛杉矶，梦，奔跑，吉他，编织物，史前时期，外星人，科学，家庭，爱情（或人际关系），小城，狗，探戈，兜风。

现在浏览清单，将你很想用到小说里的条目圈出来，至少九项。祝贺你！你的故事开始了。阅读下一页，你就会明白我们到底是什么意思。

| 练习 | **变戏法** |

作为一名作者，你可以善加运用生活中那些吸引你的东西。接下来我们要变一个戏法，让老天赐予你三部可以完成的小说，对于这三部小说，你是最佳作者。

第 1 步
将你在激情清单（第 6 页）上你圈出来的、最中意的 9 个条目分别写在 9 张纸条上。

第 2 步
将所有纸条扔进一顶帽子或者一个咖啡杯里。

第 3 步
抽出三张纸条，将上面的信息抄在右边的"小说 1"便笺上；再抽出三张纸条，将抽到的信息抄在"小说 2"便笺上；将剩下三张纸条上的信息抄在"小说 3"便笺上。

现在浏览三张小说便笺，认真琢磨。这些地点和兴趣爱好之间的联系是否让你觉得有趣？选择你最看好的一张便笺，然后在"如果……呢？"练习（第 8 页）中让其更充实。如果上天给了你一手烂牌，那就不要管那顶帽子了，直接从激情清单中选出你认为可以配合好的三个或更多条目。

纸条 1：

纸条 2：

纸条 3：

纸条 1：

纸条 2：

纸条 3：

纸条 1：

纸条 2：

纸条 3：

如果……呢？ 练习

想象有趣的情节，思考可能由此展开的故事——创作一本书的时候，这样做是很不错的开头。这个头脑风暴游戏的玩法是，围绕前一个练习中你最看好的小说素材，展开"如果……呢？"的想象，以此增加故事的神秘感。例如：如果一个女人在度蜜月的时候遇到了她的真命天子会怎样呢？如果一个小镇上的居民在某一天早上醒来发现所有人前一晚都梦到了跳探戈会是怎样的？如果科学家通过研究DNA让一个村子里的尼安德特人（Neanderthals）复活了，接下来会发生什么？

你的故事风格　　练习

浏览下面的清单，在你认同的所有选项前打勾，并思考故事的基调、叙事风格和小说类型。

- [ ] 第一人称
- [ ] 第三人称
- [ ] 精彩紧凑的情节
- [ ] 缓慢展开的人物描写
- [ ] 大团圆结局
- [ ] 悲伤的结局
- [ ] 科幻小说
- [ ] 爱情小说
- [ ] 奇幻小说
- [ ] 虚构文学
- [ ] 实验小说
- [ ] 历史小说
- [ ] 青少年小说
- [ ] 宗教

- [ ] 神秘
- [ ] 犯罪
- [ ] 超自然
- [ ] 诙谐
- [ ] 过去时
- [ ] 现在时
- [ ] 对话为主
- [ ] 简单的时间线
- [ ] 非线性时间线
- [ ] 章节末尾留悬念
- [ ] 短章节
- [ ] 长章节
- [ ] 系列小说
- [ ] 由互相联系的短故事组成的小说

如果我们有所遗漏，你可以添加！

现在将打勾的内容记在脑子里，开始构思你的故事。如前所说，只要是你感兴趣的，你就会擅长。

练习　**文学式洗碗**

每一年，"全国小说写作月"的数千名参与者都有一个奇怪的发现，那就是，最丰富的小说素材往往在最日常的活动中出现，比如锻炼、洗澡、开车、洗碗、散步。虽然其中的原理尚不明确，但是让身体做一些简单的事情的确可以让我们进入想象力的沃土。列举三件最能让你走神的事情，在琢磨你的小说时做这三件事。

提示： 每个小说家在创作过程中的某个（或某些）时候都会弄丢故事线索。找不到线索的时候，重温一下你列举在下面的日常活动。

活动 1

活动 2

活动 3

现在 把你在洗碗（或其他日常活动）时出现的奇思妙想写在下面。

网上冲浪——灵感高速公路

练习

如果你还在为小说搜集灵感,那么可以借助海量的互联网网站,从中获取适用于小说的丰富信息,包括被揭穿的秘密、突然出现的转机、被颠覆的人生。在浏览网站内容的过程中,不妨将每一个乍现的灵光记下来。

灵感笔记

1000 WORDS[①]

从家庭聚会上的尴尬时刻（awkwardfamilyphotos.com），到世界各地的街头摄影（in-public.com），摄影网站展示了偶然捕捉到的、真相浮出水面的瞬间。路透社等通讯社会陈列年度最佳摄影作品，浏览这些照片——尤其是当你掠过标题，独自想象照片背后的故事时——有助于你形成一些写作想法。

---

① 1000wordsmag.com ——译者注

灵感笔记

第二章

创造人物

练习清单

- ☐ 自由写作——你最喜欢的一个人物
- ☐ 自由写作——现实人物
- ☐ 人物简介
- ☐ 丰富多彩的细节
- ☐ 人物拼贴画
- ☐ 人物实地考察

- ☐ 人物的生命线
- ☐ 人物一生各阶段
- ☐ 家谱
- ☐ 家庭动态
- ☐ 人物对话
- ☐ 动机魔法

人物时间到！既然你已经打开了练习册，明白了自己想写什么，那么现在是时候考虑你想写谁这个问题了。你也许会想：我必须考虑吗？

为什么你必须考虑

在酝酿中的情节与最终情节之间的荒地上，给你做伴的正是你书中的人物。他们鼓励你坚持创作、坚持奋斗，去解决他们的需求和欲望。一言以蔽之，是你的人物促使你完成一部作品。

如果以上文字完全没有引起你的注意，那么我们认为，关于人物塑造你应该有以下三点认识。

1. **不要拘束**。这个阶段，人物越多越好。你想到的人物可能不会全都出现在你的小说里，事实上，你可以从每个人物身上选择最出色的一部分。无论你怎样做，在设计庞大的人物阵容时都不要限制自己的想象力。

2. **细节至上**。你就像一名警察，细节是你的嫌疑犯，你得说明要把他抓到哪里去——要这样将每一个细节落实。你赋予人物的这些细微差异、特殊性格和历史，会使他们变得立体——不管他们是失败者、英雄，还是让人恨得咬牙切齿的恶棍——彼此之间建立起联系。

3. **明确动机**。不是你的动机（虽然你也需要），而是主要人物的动机。是什么将他们从床上唤醒？是什么让他们可以安心入睡？在这个世界上，他们最想得到的是什么？得到答案，就得到了故事。

认识你的人物

在这一章的练习里，你的人物会喋喋不休地与你交谈。他们透露敏感的话题、秘密的情感，展现他们最光明和最阴暗的面目，细说生活中的小事。你会收集他们的喜好和憎恶，钻进他们的大脑里，剖开只有他们的医生才会发现的真相。结束这一切之后，你已经对他们进行了一番密切观察，他们都处于自身习惯的生活环境中，可能是教室、工地，或者动物园。通过从内到外的塑造，你的人物会变得有血有肉、栩栩如生、高深莫测。他们跃然于纸上，责备你、启发你，告诉你"不，那条牛仔裤不显胖"。很赞？我们知道。继续往下看。

追溯人物历史

你的人物从哪儿来？以前经历过什么？这两个问题的答案能大大增加你对现在的他们的了解。主人公继妹的曾祖父身份，可能会让你在一定程度上理解他为什么热衷圆顶帐篷。在本章，你还要明确主人公过去的情况，包括婴儿时期（机灵过人？患有疝气？）、幼儿园时期（常常尿床？爱冒险？）、小学时期（拼字比赛冠军？班级小丑？）、高中时期（小题大做？势利小人？爱找刺激？）、大学时期（创业者？梦想家？离群索居？）。这一追溯之旅会带给你丰富的主人公历史。

下一步

翻页，认识将住在小说里、在写作中陪伴你的人物（或野兽，或外星人）。光阴似箭啊！

自由写作——你最喜欢的一个人物

练习

描述你最喜欢的小说人物。这是一个怎样的人物？你最喜欢这个人物的哪一点？这个人物的缺点是什么？他有这些缺点，却依然让你喜欢，原因是什么？

练习：自由写作——现实人物

联想你认识的或你经常见到的某个人。这个人要绝对称得上夸张，是现实生活中的"人物"。描述他身上极具吸引力的特征——包括外表特征和行为特征，然后虚构一个故事背景来解释其外表和行为。可以描述多个现实人物。

人物简介 练习

填写以下人物简介，人物数量由你决定。

姓名 _____

昵称 _____

年龄 _____ 生日 _____

男☐ 女☐ 民族/种族 _____

- 地址
- 职业

- 教育

- 兴趣爱好

- 政治和（或）宗教信仰

- 性格和个性

姓名

昵称

年龄　　　　　生日

男□ 女□　民族 / 种族

- 地址
- 职业
- 教育
- 兴趣爱好
- 政治和（或）宗教信仰
- 性格和个性

续下页

姓名 _____

昵称 _____

年龄 _____ 生日 _____

男□ 女□　民族 / 种族 _____

- 地址
- 职业

- 教育

- 兴趣爱好

- 政治和（或）宗教信仰

- 性格和个性

姓名 _____

昵称 _____

年龄 _____ 生日 _____

男□ 女□ 民族/种族 _____

- 地址 _____

  职业 _____

  教育 _____

  兴趣爱好 _____

  政治和（或）宗教信仰 _____

  性格和个性 _____

续下页

姓名 _____

昵称 _____

年龄 _____ 生日 _____

男□ 女□ 民族/种族 _____

- 地址
- 职业
- 教育
- 兴趣爱好
- 政治和（或）宗教信仰
- 性格和个性

姓名 _____

昵称 _____

年龄 _____ 生日 _____

男☐ 女☐ 民族/种族 _____

- 地址
- 职业

- 教育

- 兴趣爱好

- 政治和（或）宗教信仰

- 性格和个性

续下页

姓名

昵称

年龄　　　　　　生日

男□女□　民族/种族

- 地址
- 职业

- 教育

- 兴趣爱好

- 政治和（或）宗教信仰

- 性格和个性

姓名 _____

昵称 _____

年龄 _____ 生日 _____

男□ 女□　民族/种族 _____

- 地址 _____
  职业 _____

  教育 _____

  兴趣爱好 _____

  政治和（或）宗教信仰 _____

  性格和个性 _____

  _____

续下页

姓名 _____

昵称 _____

年龄 _____ 生日 _____

男□ 女□ 民族/种族 _____

地址

职业

教育

兴趣爱好

政治和（或）宗教信仰

性格和个性

姓名 _____

昵称 _____

年龄 _____ 生日 _____

男□ 女□　民族/种族 _____

- 地址 _____
- 职业 _____
- 教育 _____
- 兴趣爱好 _____
- 政治和（或）宗教信仰 _____
- 性格和个性 _____

续下页

丰富多彩的细节　练习

从上一个练习中选出三个你最着迷、最想写的人物,其中一人会成为你的主人公,其他两个会在你的故事里扮演重要角色(比如主角的助手、情人或仇人)。运用下面的表格,深度挖掘主人公和重要配角的人生。

人物姓名: _____

弱点 / 缺点

厌恶的东西

恐惧的东西

恶趣味

珍视的所有物

坏习惯

最自豪的成就

隐藏的才能

人物姓名： _____

弱点／缺点

恐惧的东西

珍视的所有物

最自豪的成就

厌恶的东西

恶趣味

坏习惯

隐藏的才能

人物姓名：_____

弱点／缺点

厌恶的东西

恐惧的东西

恶趣味

珍视的所有物

坏习惯

最自豪的成就

隐藏的才能

现在 选择其中一个人物充当你的主人公，然后探索他的过去、现在和未来。

练习 **人物拼贴画**

　　运用你可以找到的材料（杂志、花草树木、布料、颜料、指甲油、贴纸、蜡纸等），为主人公制作一幅拼贴画，内容可以反映他的喜恶、欲望、风格、爱好和（或）世界观。

人物实地考察　练习

　　在现实环境中找到故事主人公的原型，描述他的衣着、发型、配饰，以及他走路和说话的方式、使用的字眼、与周围其他人交流的方式。

生活环境

着装 / 外貌

言谈举止

对话 / 互动

人物的生命线　练习

运用下方的时间轴，列出将发生在主人公生命中的重要事件，越多越好。可以从出生到死亡、从出生到小说开头，或者以某个具有重要意义的年份为起点来罗列关键事件。

____的一生

人物一生各阶段　练习

　　以你其中一个人物为主角，描写两个片段，背景可以是人物一生中的以下阶段：婴儿时期、幼儿园时期、小学时期、高中时期、大学时期或小说开始之前的任何时候。还可以描写与你在前一练习中列出的某个重要事件相关的片段。

片段 1：人生阶段／重要事件

续下页

片段 2：人生阶段 / 重要事件

家谱　练习

了解主人公的家族史有助于理解主人公本身。按照你自己的想法填写家谱树。

姓名：
职业：
出生地：
出生日期：

姓名：
职业：
出生地：
出生日期：

姓名：
职业：
出生地：
出生日期：

姓名：
职业：
出生地：
出生日期：

姓名：
职业：
出生地：
出生日期：

姓名：
职业：
出生地：
出生日期：

姓名：
职业：
出生地：
出生日期：

姓名：
职业：
出生地：
出生日期：

姓名：
职业：
出生地：
出生日期：

姓名：
职业：
出生地：
出生日期：

姓名：	姓名：	姓名：	姓名：
职业：	职业：	职业：	职业：
出生地：	出生地：	出生地：	出生地：
出生日期：	出生日期：	出生日期：	出生日期：

姓名：	姓名：	姓名：
职业：	职业：	职业：
出生地：	出生地：	出生地：
出生日期：	出生日期：	出生日期：

姓名：	姓名：
职业：	职业：
出生地：	出生地：
出生日期：	出生日期：

姓名：

职业：

出生地：

出生日期：

家庭动态 练习

描述主人公与其近亲之间的关系，包括其家庭生活以及家庭特点。

家庭动态如何塑造了现在的主人公？是否存在尚未被家庭满足的需求？

人物对话 练习

运用以下（或你自己设计的）场景，描述主人公与任意一位重要配角之间的对话。

- 打破新年计划
- 偶遇堕落的儿时英雄
- 与父母在电话上发生争执
- 就棘手事件或个人挑战征求意见
- 和恋人分手

你可以写这些场景发生时的对话，也可以写人物在事后聊起这些事情时的对话。

虽然这些对话不一定会出现在你的小说里，但是这个练习也许能让你更了解主人公的需求和欲望。

动力魔法 练习

你已经与主人公相处过了，知道了他的表里，现在请列出他的需求和欲望。尽情去写——没有哪种欲望是微不足道的。

欲望 **需求**

浏览列表，找出你的主人公最想得到的一样东西（爱、正义、原谅等），将其写在下面的魔法框里。

现在有了这一关键信息，你可以开始创作情节了。

第三章

构思

练习清单

- ☐ 现实冲突
- ☐ 主人公面临的冲突
- ☐ 反派
- ☐ 点燃导火索
- ☐ 制造问题
- ☐ 情节装置
- ☐ 时光机
- ☐ 山的另一边
- ☐ 往发射器里填充更多人物
- ☐ 次要情节装置
- ☐ 核心
- ☐ 宣传语
- ☐ 收集灵感

恭喜你，创造了一班有意思的人物。你已经选择了主人公和一部分配角，并且有一批临时演员时刻准备响应你的号召。

接下来，你要弄清楚这些想象中的朋友、敌人和友敌会在你的小说里有何作为。如果此话让你手心沁汗（或者大汗淋漓），那么请记住你不是唯一有此感受的人。99%的作家都认为，将人物的故事从开篇写到结尾，与驾驶人造飞船横越大西洋一样，是让人望而却步的想法。有一个好消息是，构思你的小说远比你想象中的简单（至少是更不那么危险）。你现在可能不相信我的话，但到了这一章节结束的时候，你会得到奇妙的故事线、精湛的人物线和能促使你完成小说的故事提纲。

构建故事的五个秘密步骤

一旦将下面这五个步骤落实，你写书的速度就会比卡卡圈坊（Krispy Kreme）制作热甜甜圈的速度还快。

1. **建造发射装置**。在上一章末尾，你回答了"你的主人公最想得到的一样东西是什么？"这个问题十分重要，你要将主人公换成其他人物，让他们一一作答，包括主要反派。你可以根据问题的答案构思次要情节，丰富到足以写成一个三部曲！人物最热烈的欲望是将他抛向命运的发射器，不论他的欲望是真爱、痛快的复仇，还是一个装满蛋糕的游泳池。

2. **造山**。如果你希望自己的小说能拥有真正的读者，而不是被拿来当枕头，那就让你钟爱的主人公吃一些苦头。将障碍（如恐惧、弱点、反派人物、蜘蛛猿）堆砌在主人公面前，制造冲突、悬念、悲剧。如此一来，当主人公最终找到他要找的人、星球或梦想的事物时，结局会更令读者满意。

3. **点燃导火索**。如同你我，你的主人公也是墨守成规的人。为了开启他的追寻之旅，你得烧一把火，为他点燃发射装置的导火索。这把火可以是旧爱打来的一个电话、一笔沉痛的损失或者一次拉斯维加斯之旅。总而言之，这把火促使主人公打破老规矩。

4. **制造问题**。冲突可以推动情节发展，这里的冲突不只是让小说迎来高潮的大事件。精彩刺激的情节安排往往是故事一开始主人公便不断遭遇麻烦。回想你最近看的喜剧，我们敢打包票，剧中主角必然巧妙地一次次逃出困境、直到身陷绝境，影片由此进入高潮。你的书也应该遵循这个套路。用接二连三的小问题为大麻烦做铺垫，这是让读者爱不释手的绝佳方式。

5. **在山的另一边相遇**。在小说开头被你装上发射器的人，会与你在小说结尾遇见的那个人有很大变化，那时，他已经到达了山的另一边。起初，你的主人公也许是个失落孤独的电脑迷；然而，在一场拯救了世界的核能浩劫之后，她变成了一个自信妩媚的女人。人物在书中的变化，说起来很简单，比如从电脑迷变成超级英雄，但关键是他们的确改变了，以及读者能看到他们随着情节发展一步步改变的过程。

从缺乏情节到丰富的情节

如果这一章的内容还是让你有些慌张,你可以念一句咒语:"我完全搞得定。"重复三遍。

你能行!

本章的每个练习都以前一个练习为基础,你可以一步一步进行,也可以中途小睡一会儿(或者喝一杯浓咖啡)以恢复精力。这些练习以你在前面读到的五个秘密步骤为基础,目的是帮助你构建主要故事情节。因为配角也是人物,所以我们也会为你提供空间,为他们安排次要情节。

尽情规划和设计情节,然后,我们会帮助你探寻小说的核心:你希望读者从中得到的最重要的东西。一旦找到答案,你便具备了所有必要条件去完成一个经得起时间考验的动人故事……退一步说,这个答案至少能让你坚持写到结局。

祝你好运,伟大的作者。最重要的是,希望你从中获得乐趣!

练习   **现实冲突**

描述你自己在现实生活中最想实现的愿望（比如成为畅销书作者，找到真爱，开一家宠物动物园），以及是什么（或谁）在阻碍你实现这一愿望。

主人公面临的冲突

练习

翻回 47 页,你在那里写下了主人公在这个世界上最想得到的东西,即主人公的发射器:推动他参与你给他规划的情节。再次将这一人物信息写到下方的发射装置里。

把主人公可能面临的所有阻碍写下来。是他现在的伴侣？绝症？他与失忆症之间的斗争？

提示： 动笔之前，回顾"丰富多彩的细节"这一练习（28页），查看人物的最大弱点或缺点。内在斗争（恐惧、坏习惯）和外在威胁（压迫性政权、群龙）一样不易战胜，你也许已经在前一个练习中指出了这一点。

反派 练习

在第二章里,你也许已经创造了这个邪恶的存在,现在要做的是进一步探索反派的内心世界。你的反派或许是一个活生生的人,也可能是无形的东西(种族主义或贫穷)或内在的因素(不安全感或羞怯);不管反派以哪一种形式存在,都代表了主人公为了达到目的必须克服的最大障碍。

和你的主人公一样,反派也渴望着一些东西,也会遇到阻碍。回答下面的问题。

反派的最大愿望是什么?和主人公的一样(追到那个女孩),还是有所不同(毁灭世界)?

反派会用哪种方式得到他想要的东西?

描写主人公首次与反派交锋的场景。

点燃导火索　　练习

　　列出可能改变命运的重要事件，这些事件将为故事的发展点燃导火索。想象一些极端情况：可怕的发现，悲惨的新闻，或者一生仅有一次的机遇。描写多个可能发生的情况，直到写出的事件让主人公再也无法继续过他习惯的生活。

事件 1

事件 2

事件 3

事件 4

事件 5

事件 6

选择其中一个事件进行详细描述，使其成为小说中一个片段。

制造问题　　练习

在到达高潮之前，你的故事里会有一些小冲突。列出在大冲突爆发或高潮来临前主人公需要解决的问题，最多10个。

小冲突

1. _____

2. _____

3. _____

4. _____

5. _____

6. _____

7. _____

8. _____

9. _____

10. _____

描写可能出现的高潮局面。

____

现在 万事俱备，你可以启动情节装置了！

情节装置　练习

　　我们建立了一个情节装置，目的是尽量把构思的过程变得愉快。因为这个装置以便利贴为中心运转，所以在开始操作之前请先准备一包便利贴。将小说中的重要事件分开写在便利贴上，再按照合你意的方式沿着情节装置粘贴。先粘贴写有开始、高潮和结局事件的便利贴，其余事件的粘贴顺序由你决定。你可以按倒序粘贴，也可以按先后顺序粘贴，还可以闭着眼睛随意粘贴。

提示：不是所有故事的情节发展都遵循这个结构。一些故事一开始就是高潮，或者从结果写到起因。摆脱传统架构的束缚，用你设计的情节做出新的尝试。

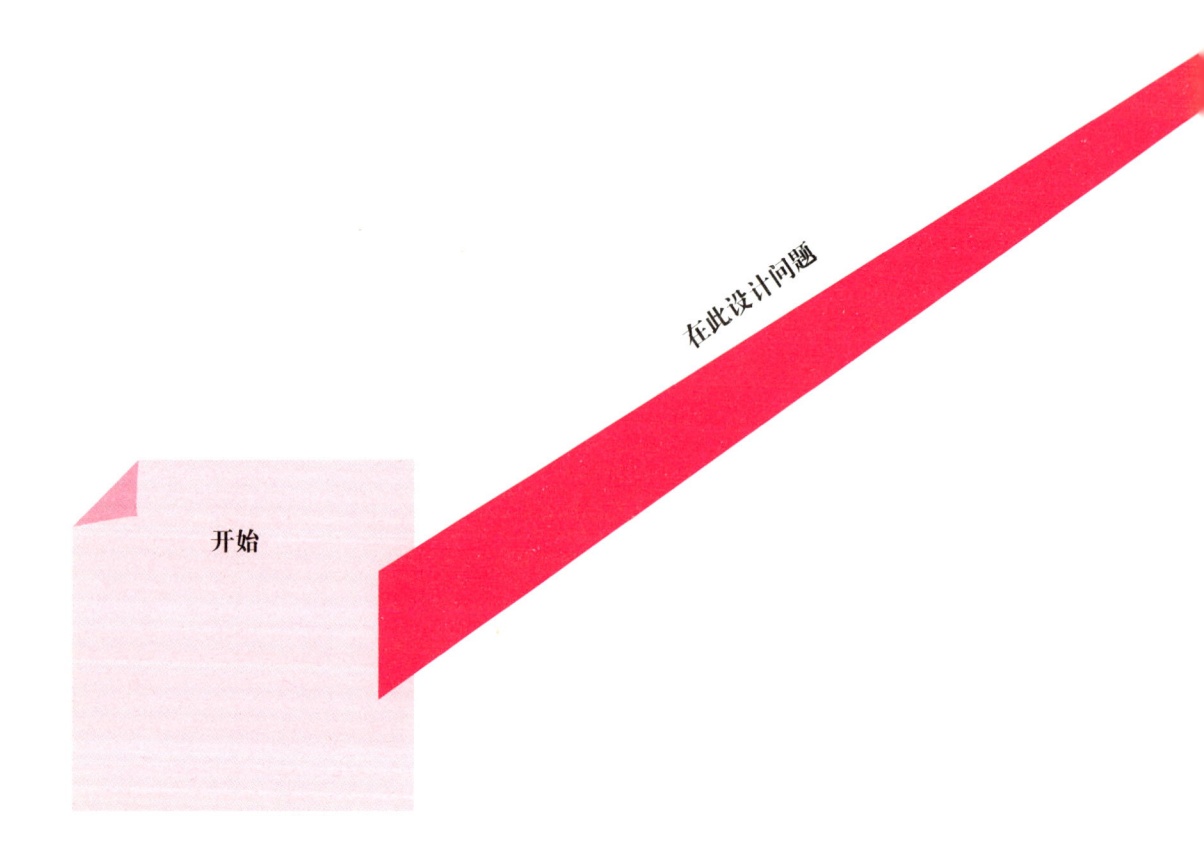

在此设计问题

开始

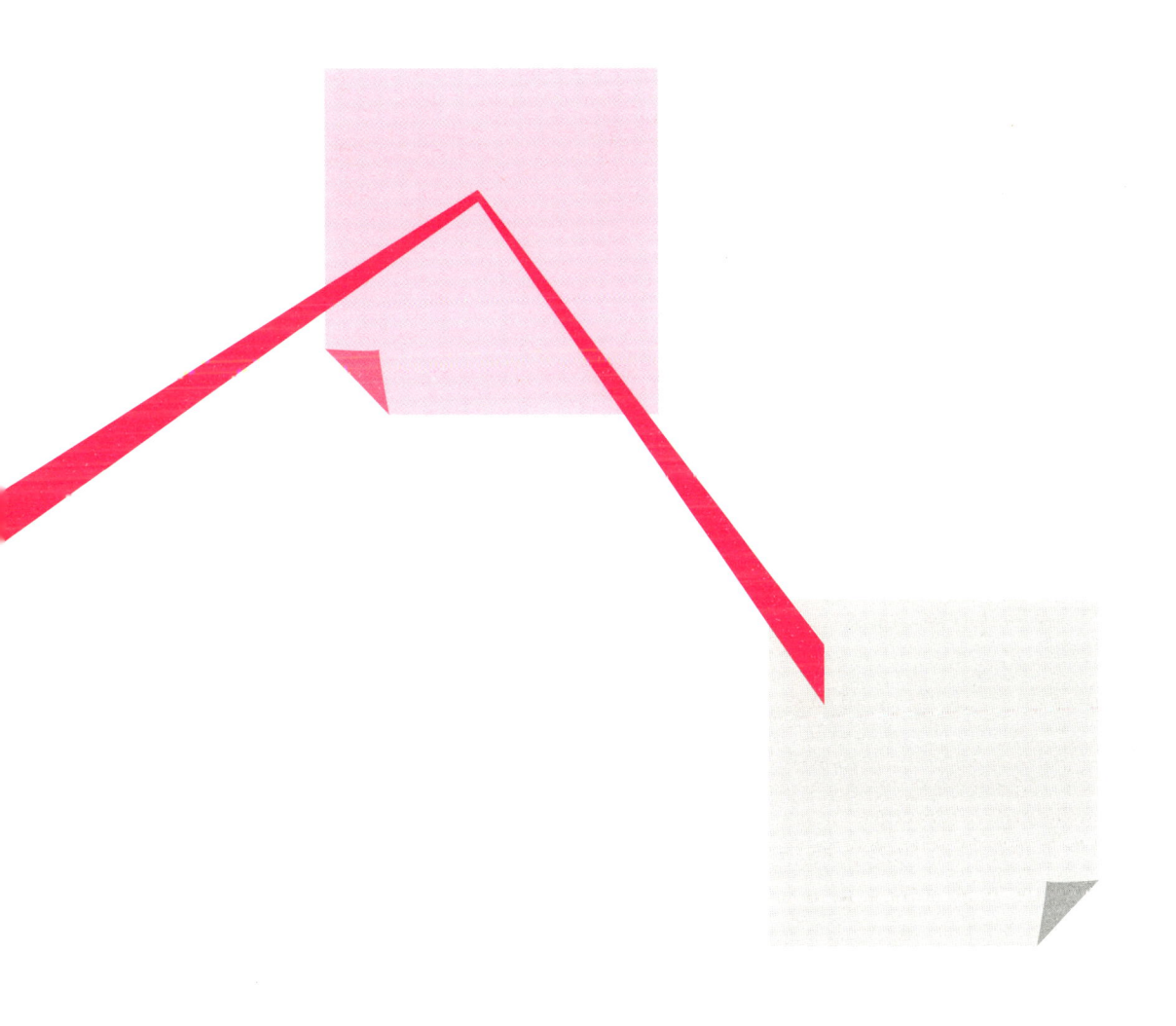

现在你已经设计了情节所需的重要事件，下一步便是对事件进行整理。你或许知道你的故事里会发生哪些事，但你不一定知道这些事情各自的发生时间。下面的时间轴将帮助你按次序整理情节装置上的事件，并给各大事件添加时间期限。

时光机　　练习

在你按照自己的方式将便利贴安置到情节装置（第 60–61 页）上之后，运用下方的时间轴安排小说情节。做本节练习时，思考以下问题：小说的时间跨度是一生，数年，还是一天？你的故事是否会按时间顺序展开？如果要使用倒叙，应该安排在哪里？

提示： 我们建议你使用铅笔，以防你需要更改事件的顺序。

时间轴

时间轴

山的另一边

练习

在"之前"一栏列举主人公现在的特点（如：懦弱，撒谎成性，为无良公司卖命），在"之后"一栏描述故事结尾时的主人公（勇敢，诚实，卖掉一切开了一家非营利机构）。

提示： 主人公的改变不一定像我们举的例子一样明显。懦弱的人到最后可能依然懦弱，但与之前相比，他也许可以更坦然地面对自身的胆怯了。

之前	之后

写一段主人公与某个重要配角在"之后"进行的对话,这段对话可以表明他在故事中的转变过程。

往发射器里填充更多人物

练习

回顾你在前一章创造的人物（第18—27页），选择两个配角。这两个人物是主人公的朋友而不是敌人。他们在故事里的任务是在主人公遇到困境时支持他，帮助他实现梦想。在横线上填写人物名称，然后回答后面的问题。

配角1: _____

该人物将以什么方式帮助主人公克服挡住前路的障碍？

该人物最想得到的是什么？

___

阻碍该人物实现愿望的是什么？

___

续下页

配角 2： _____

该人物将以什么方式帮助主人公克服挡住前路的障碍？

该人物最想得到的是什么?

阻碍该人物实现愿望的是什么?

次要情节装置　练习

如果你的小说需要次要情节，那么准备一些彩色便利贴，然后将注意力集中在配角身上。他们最想实现的愿望（也许与主人公的愿望完全不相关）是次要情节的组成元素。为每一个配角（包括反派）设计次要情节，分别写在不同颜色的便利贴上，然后粘贴在次要情节装置上。

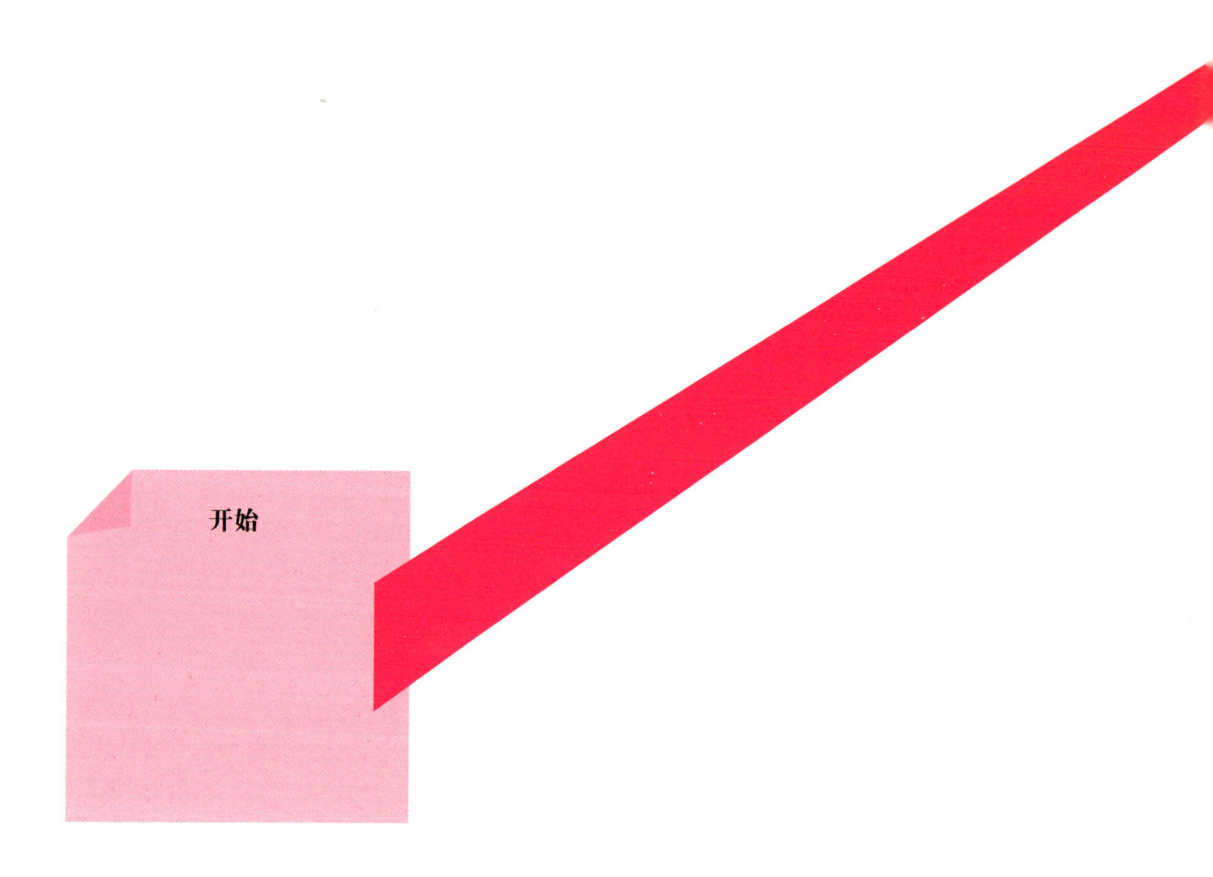

开始

现在让我们深入小说的核心!

核心

练习

　　如果说情节是小说里的内容，那么核心就是小说的中心思想。核心多种多样，从"人是会改变的"到"外星人都是混蛋"。它是小说的命脉，使小说具有凝聚性，并在你迷失的时候帮助你回归主线。你可以视其为小说的命题——和你写论文时一样，你绝对不想偏离其核心理念。围绕你的小说核心，自由写作。当你自觉已经明确这个核心是什么的时候，对其进行提炼，写在便利贴上，然后贴在旁边的边框里。

提示： 我们知道，在写作过程中，你关于小说核心的想法可能会发生变化。在开始阶段，你的核心可能是"爱是胡扯"，但中途你发现"爱能战胜一切"更贴近你写的内容。如果核心思想变了，你随时可以更换便利贴。

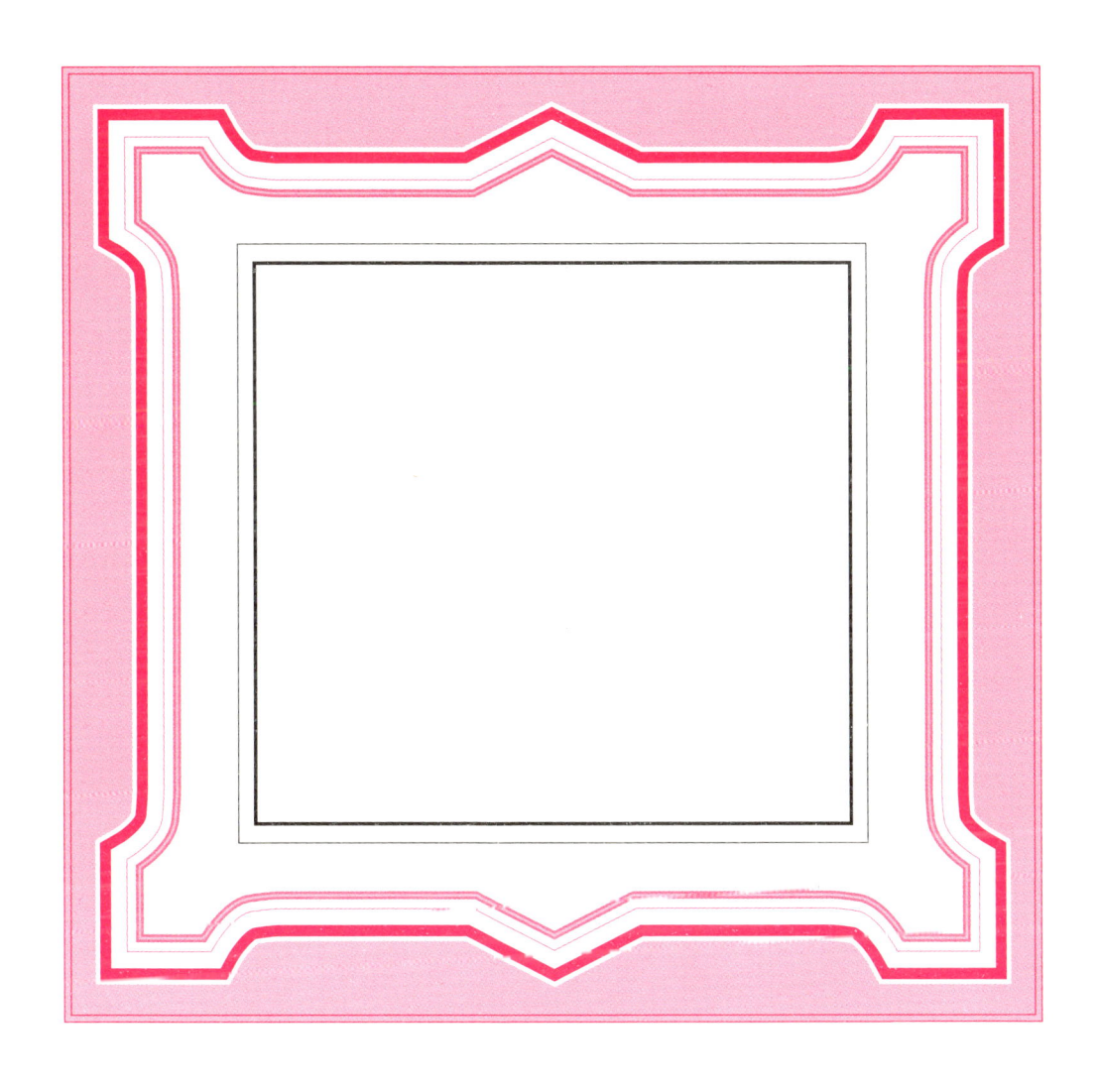

现在将上方的核心抄到另一张便利贴上，然后贴在你的电脑屏幕上。这样一来，你写作时它就不会离开你的视线。

宣传语 —— 练习

　　另一个从整体上把握故事的好办法，就是用一句话总结故事情节。它不是随便写出来的一句话，而是能让作家代理人和编辑兴奋起来的一句话，让人觉得精彩、揪心或者为之捧腹。你这句宣传语可以包括以下任一或所有内容：小说人物、引发故事的事件、背景乃至小说的核心。

宣传语举例

　　一位失业物理学家和一位心碎的画家发现，恐怕只有爱能拯救这个即将崩溃的宇宙。

宣传语

| 练习 | **收集灵感** |

在构思期间，你可能会偶然发现一些滑稽的照片、包在幸运饼干里的怪诞信息或者古怪的名片，但不知道怎么将其运用到小说里。你可以准备一个储物袋，专门存放可作情节素材的零星物件，把你发现的小东西装在这个口袋里，当你写不下去或者需要灵感的时候，它们或许可以派上用场。

第四章

探索背景

练习清单
- ☑ 你的生活，你的背景
- ☑ 导览
- ☑ 身临其境
- ☑ 制作地图
- ☑ 一生中的一天
- ☑ 背景：之前 & 之后

你已经创造了人物并设计了人物在小说中的经历。好样儿的！先花一些时间庆祝你正在创造的奇迹，然后再继续前进。表扬表扬自己，你可以享用一份瑞士蛋糕卷或者唱一段《We Are the Champions》（我们是冠军）。

开始吧！我们等你。

很好，既然你已经认可了自己现阶段不错的成就，那么我们可以探索下一个激动人心的小说元素：背景。

如果你的脑袋还因为之前的人物塑造和情节设计略感昏沉，那么我们告诉你一个好消息：背景能给你减轻不少负担。你可以把背景当成一位超级英雄，他拥有非常特殊的超能力，能让读者在小说中看到现实生活里可能被忽视的东西，并帮助你节省大量写作时间。

背景助力！

你或许要这么问，小说里一个不重要的因素能发挥这么大作用？坐着，放松，把背景的以下作用读完。

1. **背景能渲染小说的氛围**。在情节构思部分，你塑造了主人公在小说中的出场形象（身无分文，孤独，处境危险）和结尾形象（成功，满足，死亡）。小说的氛围反映主人公的变化轨迹，而小说背景能最快且有效地表现小说的氛围。如果你能让读者看到路灯忽明忽灭、枯叶掠过无人柏油路的画面，那么你就无需再描述人物内心的害怕和脆弱。最后，当这个人物把敌人都撑走了，他的安全感则由另一个场景来反映：在他居住的街区，几对夫妻沿着明亮的街道遛狗；两边住宅敞开的窗户传来晚餐桌上愉快的交谈声。

2. **背景让你的人物及其生活更神秘**。主人公居住在一条整洁的死胡同里，胡同口的铁质大门由一位看门人 24 小时把守。这个背景有力地表现了该主人公的强迫症倾向和排外性焦虑症。相比之下，与她一墙之隔的邻居，也是她最好的朋友，是一个无拘无束的人，因周边修剪得整齐划一的植物而感到窒息。让人物的直接环境及他们对这一环境的看法来告诉读者他们是怎样的人。

3. **背景赋予小说现实根基**。不管故事的背景是城市还是农村，是人口密集还是渺无人烟之地，是湿热难熬还是暴雨倾盆，是犯罪猖獗还是革命来袭，是某个活火山口还是某个遥远的星系，它都能为小说情节做铺垫，并让人物的日常生活具有真实感和可信度。因为热带气候导致疟蚊滋生，所以主人公每晚都支起蚊帐睡觉；反派居住的地方是气温零下的荒漠，他经常在干坏事的时候受阻于不得不穿的风雪衣；这样的背景能有效给读者带来身临其境的感觉。

很棒，对吗？而且非常有用。

通过本章的练习，你将思考你的人物为何生活在相应的环境里，他们对居住地的看法是怎样的，以及该背景和地点会对人物的日常生活产生怎样的影响。他们是在这个地方长大的吗？还是说他们是为了工作、恋人，或者因为身患慢性哮喘需要换个气候环境，才搬来这个地方的？他们会在全食超市购物呢，抑或杂货店？他们搭公共汽车上班吗，还是有司机开专车接送？以上以及更多细节都藏在拥有超能力的背景中，等候你的关注。

你的生活，你的背景

练习

自由写作，描述你与你的居住地之间的关系。你为什么生活在那里？你对住处满意吗？当前居住环境对你的生活有哪些影响？（你是否不得不开很久的车，挤牛奶，或者用雨水收集桶？）

现在将你的生活与你的生活环境之间的联系记在心里,然后我们开始研究小说的背景。

导览 练习

建立小说的时间地点大背景。（我们是在 1954 年的美国郊区？"二战"期间的诺曼底？还是 2090 年的 Meegrob 星球？）在这一大背景之下，你的人物生活在哪里？采用你的主人公和配角的视角，带领读者游览小说人物的居住区。描述他们的生活环境是怎样的、他们对当地有哪些喜爱和厌恶的地方，以及他们为什么在当地生活。

主人公导览

续下页

配角 1 导览

人物姓名:

配角 2 导览

人物姓名:

身临其境 练习

以主人公来到一个他最喜欢或最讨厌的地方为背景，写一个片段，内容包含他所看到的、听到的、闻到的、感觉到的，以及——如果可能的话——尝到的东西。

提示： 为了找灵感，你可以亲自前往与小说中的地点相似的地方。如果你的小说以历史、未来或者其他虚拟时空为背景，那么你可以坐在扶手椅上神游一番。

制作地图

练习

在这张空白地图上绘制你的人物生活的世界。你可以亲手画，也可以从其他地图上裁剪再粘贴。采用任何对你奏效的方式！

提示：研究现成的地图，或者在你自己的住所周边游览观察，留意游览范围内的地标和方位。

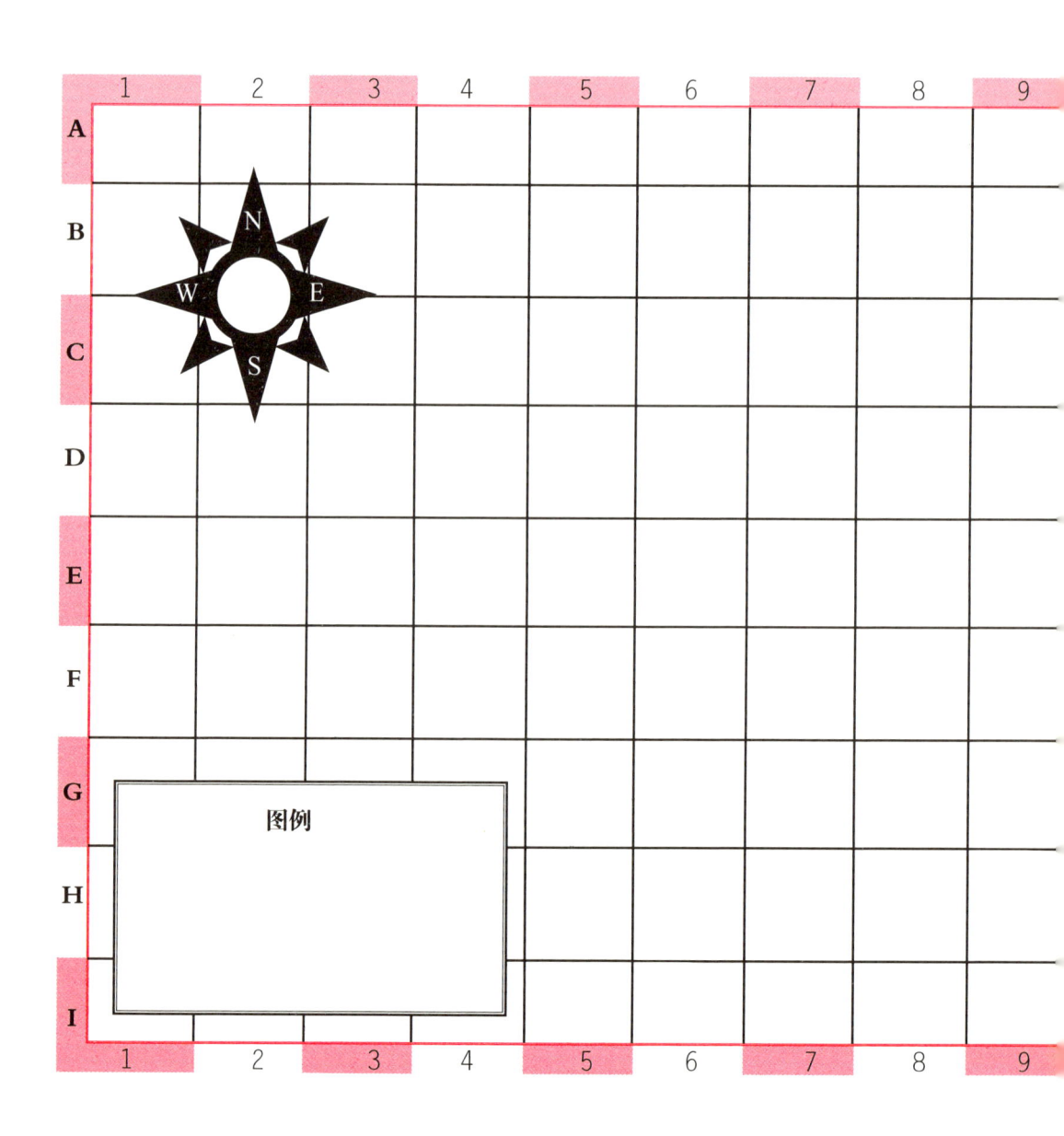

图例

10	11	12	13	14	15	16	17	18	19	
										A
										B
										C
										D
										E
										F
										G
										H
										I
10	11	12	13	14	15	16	17	18	19	

一生中的一天   练习

为三个人物填写日程计划，从他们早晨醒来开始，到一天结束为止。（他们几点起床？洗澡用多长时间？上班之前要去健身房吗？上班吗？在哪里，什么时候？）

这一天属于:	
7:00	4:00
8:00	5:00
9:00	6:00
10:00	7:00
11:00	8:00
12:00	9:00
1:00	10:00
2:00	11:00
3:00	12:00

从该人物的日程里选择一件事情写一个片段，对当时当地的人物进行刻画，包括由当时情景引发的人物内心独白和对话。

续下页

这一天属于：	
7:00	4:00
8:00	5:00
9:00	6:00
10:00	7:00
11:00	8:00
12:00	9:00
1:00	10:00
2:00	11:00
3:00	12:00

从该人物的日程里选择一件事情写一个片段，对当时当地的人物进行刻画，包括由当时情景引发的人物内心独白和对话。

续下页

这一天属于：	
7:00	4:00
8:00	5:00
9:00	6:00
10:00	7:00
11:00	8:00
12:00	9:00
1:00	10:00
2:00	11:00
3:00	12:00

从该人物的日程里选择一件事情写一个片段，对当时当地的人物进行刻画，包括由当时情景引发的人物内心独白和对话。

续下页

背景：之前 & 之后

练习

你的小说是充满悬念的、轻松愉快的还是惊险刺激的？运用你在本节创造的背景，写一个放在小说开头、突出小说氛围的片段。

提示： 多数故事在讲到戏剧性事件发生之前，都会先描述出现在某个地方的某个人物。你写在这里的片段或许可以作为小说的第一页。

如果从开头到结尾，小说的氛围发生了变化，那就在结尾时对同一地点再次进行描写，以此来表现这种变化。

第五章

动笔

练习清单
- [ ] 书名库
- [ ] 为小说命名
- [ ] 制定写作计划
- [ ] 突破空白页
- [ ] 击掌
- [ ] 踹一脚

这是这本冒险日志的最后一章，再翻十多页，你就要开始写这些年来你一直说要写的那本书了。我们建议你认真享受动笔之前的最后时光。多看会儿电视，在干净整洁的家里转一转，让你家人朋友知道你多么爱他们，因为你很快就要扬帆起航，飘荡在文学的海洋上。

我们听说海上的手机信号非常不稳定。

最后这部分内容将帮助你为起航做好充分准备，包括帮助你给小说命名，引导你进入小说第一章，并提供时间管理工具以便你维持写小说、生活和工作之间的平衡。另外，在送你启程之前，我们会为你开个动员会，跟你击掌，然后重重地踹你一脚。（至少字面意义上。）

动笔前任务清单

这是开始写小说之前的最后一份任务清单。

1. **为小说命名**。将几万字压缩成几个字，这个任务不容易。你要知道，在创作过程中，你现在选的书名可能会被更改，而且不止一次。即便如此，开始创作时先暂定一个书名仍然是有帮助的。这样一来，你跟圈里人聊起你的创作时，至少可以用书名而非"我的小说"来介绍。如果你想不到合适的书名，我们推荐你查看家里的藏书，然后从小说的核心和宣传语中获得启发。举个例子，如果小说核心是"不长命的都是守规矩的人"，你的宣传语是"曾经为了高中意中人变得循规蹈矩的叛逆少年，如今有机会重新踏上狂野的摇滚之路——或许是一个能拯救他生命的选择。"那么"长命和摇滚"或许是个不错的暂定书名。

2. **制定写作计划**。作为"全国小说写作月"的工作人员，我们有责任鼓励你将"谨慎"抛到九霄云外，将"身体里的编辑"锁在小黑屋里，在30天内完成第一稿。我们（勉强）承认还有其他写小说的方式，但不管你是用一个月、三个月还是一年来完成你的小说，我们都真心诚意地认为你需要给自己制定一个截止日期，并遵守有规律的写作计划。

3. **突破空白页**。我们知道，写一本书这个目标会让人胆怯，要摆脱"害怕写不好"这种心理也没有说起来那么容易。如果你发现自己正和空白页大眼瞪小眼，我们准备了一个练习，帮助你克服无法动弹的恐惧，让你不再害怕下笔（或打字）。我们会让你试写不同的开篇，直到确定一种最合适的。

书名库　练习

　　基本上可以说，你书架上每本书的书名都是得到了一群聪明人的认可的，包括代理人、编辑和出版商。也就是说，你的书架是非常好的灵感来源。选择至多 6 个特别吸引你的书名，阐述这些书名和书之间的联系，以及（或者）推测作者为什么选择这个书名。这个书名是否代表了书中某个背景、人物或情节？是否代表书中的一条故事线？书名是长是短？是否有象征意义？有趣？双关？平实？容易理解？

书名

与书名之间的联系

现在你已经对其他作者定书名的方式有所了解，接下来该为你自己的小说命名了。

为小说命名　练习

在下方横线上填写所有你想得到的书名。在填写过程中,你可以参考上一个练习、故事核心(第72页)、小说的宣传语(第74页)以及"创作园地"(第112页——你也许已经在那里写了一些有意思的话)。就算你已经定了一个书名,我们仍然建议你完成这个练习……你可能会发现有个更好的书名正在你的大脑中游荡。

书名:_____

书名:_____

书名:_____

书名:_____

书名:_____

书名:_____

书名:_____

书名:_____

书名:_____

书名:_____

现在拿起你最喜欢的一支笔,将你的书名写在这本日志的封面内页,然后跳个舞庆祝一下。

练习 ## 制定写作计划

在下方的"最后期限"长方格里，写一个既具挑战性又并非不能达到的最后完稿日期。从现在起，到最后期限为止，为你自己制定 10 个要在这期间完成的小目标和达到目标对应的奖励。比如，你的第一个小目标是写完前三章，相应的奖励是按摩 90 分钟或者一整个巧克力蛋糕。我们建议你填完表格之后，立刻去购买或者制作一本日历（日程计划本、挂历或者数字日历都行），以便你执行写作计划。将最后期限、小目标以及详细的写作计划标注在日历上。如果你认为将日历分享给家人和朋友是有助益的，那就这样做。这样一来，就有人督促你了。如果他们是贴心的朋友和家人，还会在你完成小目标的时候给你买礼物。

最后期限

小目标	最后期限	奖励
1.		
2.		
3.		
4.		
5.		
6.		
7.		
8.		
9.		
10.		

突破空白页　练习

如果你做了上一章的"背景：之前 & 之后"这个练习（第 94 页），那么你心中或许已经有了一个满意的开篇。如果你仍然不确定如何开头，那么我们在此给你一些写作提示，帮助你摆脱空白页带来的沮丧。根据其中一个或几个你感兴趣的提示，在后面几页尝试创作小说的开篇情节。

先写结尾。让读者对故事发展略知一二，吊他们的胃口。
先写点燃导火索的情节。直接进入精彩情节是再好不过了。
先写最开头的情节。从人物出生写到人物当前的情况，是在小说开头塑造一个人物的好方法。
先用一句话写出小说核心。相信我们，"外星人都是混蛋"是极有趣的小说首行，不是吗？
先写人物之间的某场冲突。冲突读起来总是很有趣，何不用一个刺激场面吸引读者呢？

提示：关于动笔写小说，我们能给你的建议是不要多虑。这是未润色的初稿，你随时可以回头划掉第一行、第一页甚至第一章。

续下页

续下页

现在 暂且把你写的这些开头放在一边，大约一天之后再来重读，选择让你迫不及待想接着写下去的开篇。

击掌！

练习

恭喜你！你完成了这本日志，现在已经做好了写书的准备。此刻，应该有人跟你用力地击一掌。因为写小说可能是个孤独的过程，所以下方这只手将成为你最好的写作伙伴。你可以回到这里与这只手击掌，庆祝你的每一次阶段性胜利！我们还认为你击掌的次数越多，你获得的写作灵感就越多。

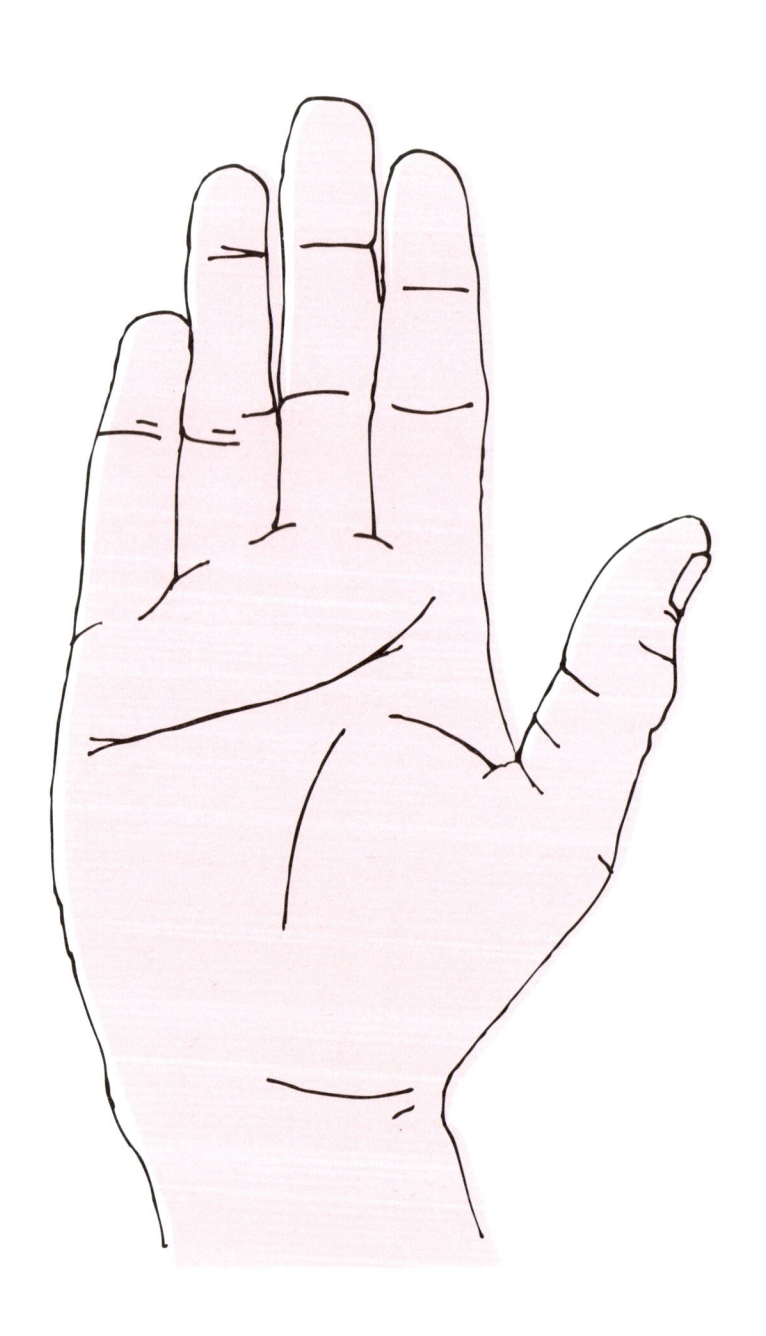

| 练习 | 踹一脚！ |

好了，庆祝得差不多了，工作时间到了！为了帮助你投入到创作中去，我们除了与你击掌之外，还要踹你一脚。不管什么时候，每当你需要这种老办法来提供动力，你都可以回到这里。被踹的理由包括但不限于：拖延时间超过 48 小时，迷上 B 级电影，遭遇写作障碍，患上"还是放弃算了"综合征。

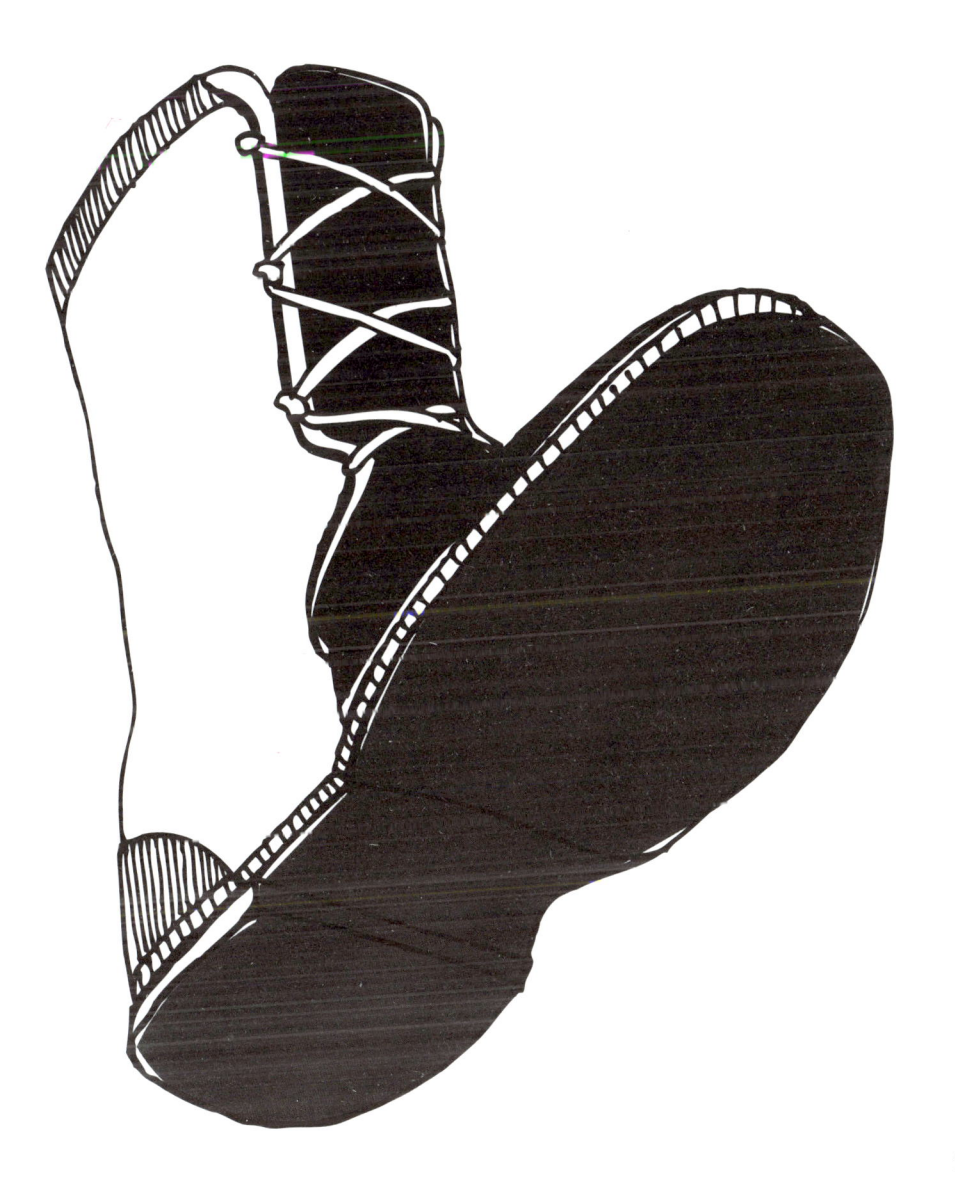

简单的写前动员

好，日志基本填满，车轮就要转起来了。我们在引言里提过，你的新书包装特别好看。在你去见你的新书之前，我们想将几条经验分享给你，这些经验是我们这些年与自己的小说初稿斗智斗勇得出的。

1. 初稿的文字不出彩也没关系！写出故事的开头、发展、结局比写一些好看的句子重要得多。先写，后润色。

2. 某些时候，你会爱上你的小说，写小说成为你唯一想做的事。

3. 某些时候，你会认为自己写的小说极其差劲，你唯一想做的事就是用碎纸机把它销毁，拿去给仓鼠做窝。

4. 只要坚持写下去，你很快就会重新爱上你的小说。

你知道吗？最艰难的部分已经过去了。你现在有想写的故事，你的人物已经就位。是时候开始下一阶段的文学冒险了。

准备好了？下定决心，我们一起写小说吧。

创作园地

用你喜欢的方式使用后面的空白页，比如记下你偶然听到的对话、重要的创作灵感、与主人公的母亲相关的随机信息、感官主导的背景描述、反派的购物单、某个配角一天的社交动态，等等。考虑到你可能会需要帮助，我们给出了一些提示，以防你止步不前。这些空白页需要你，就像世界需要你的小说一样。

让每个人物讲述他们最初的记忆。

从电话簿里寻找取名字的灵感。

从配角的视角写开篇。

写一个主人公与更年轻时的他自己对话的片段。

打开网址，浏览人气写手的动员发言。

描述反派最糟糕的经历。

写一个20年之后的场景，其中至少包括三个人物。

让你的人物分享他们的初吻故事。

写出主人公最近购买的五样东西，并说明是在哪儿买的。

写主人公和反派一起喝醉的场景。

将一部分人物关在出故障的电梯里。

小说中的人物很少生病。让你的主人公染上某种疾病。

代表主人公给他的助手写一张感谢卡。

描述反派前一晚做的梦。

主人公的母亲接受了当地报纸的采访，采访主题是主人公取得的成就。撰写采访报道。

描写主人公弄丢了非常重要的东西的情节。

写出某个配角一星期以内在社交账号上发布的帖子,并添加他的朋友和敌人在帖子下方发表的评论。

反派找出了高中纪念册。写下他从中发现的一些信息。

让人物讲述（让人捧腹的）童年阴影。

打开你所在城市（或小说中的背景地点）的网站，浏览有关信息。

描写主人公父母相遇的场景。

主人公是否有收藏的爱好？或许他应该有。描述他的收藏品，并说明收藏原因。

写一首极其庸俗的情歌，是你的主人公会唱给情人听的。

讲述主人公做过的最糟糕的一件事。

描写主人公必须与反派合作的情节，并说明合作原因。

主人公找到了一个懂通灵术的人，他发现了什么？

用旅游指南的风格描述小说背景。

让某个人物三天不能睡觉，描述剥夺睡眠对他产生的影响。

阅读百科上的"今日精选文章",将你的收获用到小说里。

主人公发现了瓶中精灵,他许了三个什么愿望?

描写几个人物聚在 KTV 的场景，并描述他们选的歌。

写某个人物突然中大奖的情节和他得知消息后有什么反应。

反派举办晚宴，菜单上有什么？他邀请了谁？

为反派撰写200字讣告。

拖延站

我们认为要成为闻名于世的作家，最好的途径之一就是为过去的大作家上色。这不仅是一个塑造人物形象的练习，还可以磨练拖延和削蜡笔等技能。每当持续思考的大脑需要片刻休息时，你都可以回到这里。

居斯塔夫·福楼拜
(GUSTAVE FLAUBERT, 1821—1880)

简·奥斯汀
(JANE AUSTEN,1775—1817)

玛丽·雪莱
(MARY SHELLEY, 1797—1851)

费奥多尔·陀思妥耶夫斯基
(FYODOR DOSTOYEVSKY, 1821—1881)

作者简介

克里斯·贝蒂（Chris Baty）于1999年创办"全国小说写作月"（NaNoWriMo），并见证其发展过程——从最初只有来自旧金山湾区的21人参赛，到如今拥有来自90个国家的20万参赛者。克里斯是一位获奖作者，先后12次成为"全国小说写作月"的优胜者，著有《30天写小说》（No Plot? No Problem! Low-Stress, High-Velocity Guide to Writing a Novel in 30 Days）《没情节？没关系！全套小说写作工具》（No Plot? No Problem! Novel-Writing Kit）。

琳赛·格兰特（Lindsey Grant）任"全国小说写作月"项目负责人，任职期间完成了三部小说，拥有加利福尼亚州奥克兰米尔斯学院（Mills College）授予的艺术硕士学位。

塔维娅·斯图尔特-斯特赖特（Tavia Stewart-Streit）在南加利福尼亚大学（University of Southern California）取得文学学士学位，现于"全国小说写作月"创始机构 Office of Letters and Light 任运营经理。此外，她还是"看不见的城市语音导览"（Invisible City Audio Tours）的创始人和执行理事，"全国小说写作月"《年轻小说家练习册》（Young Novelist Workbook）的作者之一，所著小说在文学刊物《Smokelong Quarterly》《Spark》《We Still Like》上发表。

致　谢

作者们想感谢 Office of Letters and Light 的全体工作人员和董事会、"全国小说写作月"（NaNoWriMo）与"剧本创作月"（Script Frenzy）的参赛者和联络人员，感谢珍·阿茨特、史蒂夫·贝克、玛莎·贝蒂、帕特·鲍恩、贝卡·科恩、阿丽尔·艾克斯图特、琳赛·埃奇库姆、彭妮·埃利斯、里克·埃利斯、吉姆·格兰特、琳达·格兰特、丹尼尔·格林伯格、珍妮弗·孔、迈克尔·莫里斯、阿什利·尼克尔斯、皮茨·科菲、米伦·里根、约翰·桑德斯、威廉·肯特·斯图尔特、约翰·斯图尔特－斯特赖特、埃琳·撒克、卡伦·怀特、比尔·怀特。

图书在版编目（CIP）数据

写小说如何打草稿/（美）克里斯·贝蒂
(Chris Baty)，（美）琳赛·格兰特(Lindsey Grant)，
（美）塔维娅·斯图尔特-斯特赖特
(Tavia Stewart-Streit) 著；葛秋菊译．——南昌：江
西人民出版社，2018.7
 ISBN 978-7-210-10222-9

Ⅰ.①写… Ⅱ.①克… ②琳… ③塔… ④葛… Ⅲ.
①小说创作 Ⅳ.①I054

中国版本图书馆CIP数据核字(2018)第034817号

ORIGINAL ENGLISH TITLE: READY, SET, NOVEL! : WRITER'S WORKBOOK. Chris Baty, Lindsey Grant, and Tavia Stewart-Streit.
Text copyright © 2011 by Chris Baty, Lindsey Grant, and Tavia Stewart-Streit.
All rights reserved.
First published in English by Chronicle Books LLC, San Francisco, California.
This edition arranged with CHRONICLE BOOKS through Big Apple Agency,Inc.,Labuan,Malaysia.
Simplified Chinese edition copyright: 2018 Ginkgo (Beijing) Book Co., Ltd.

本书中文简体版由银杏树下（北京）图书有限责任公司出版。
版权登记号：14-2018-0025

写小说如何打草稿

作者：[美]克里斯·贝蒂　琳赛·格兰特　塔维娅·斯图尔特-斯特赖特　译者：葛秋菊
责任编辑：冯雪松　特约编辑：王婷婷　筹划出版：银杏树下
出版统筹：吴兴元　营销推广：ONEBOOK　装帧制造：墨白空间
出版发行：江西人民出版社　印刷：天津翔远印刷有限公司
720毫米×1030毫米　1/16　10印张　字数54千字
2018年7月第1版　2018年7月第1次印刷
ISBN 978-7-210-10222-9
定价：45.00元
赣版权登字-01-2018-114

后浪出版咨询（北京）有限责任公司 常年法律顾问：北京大成律师事务所
周天晖 copyright@hinabook.com
未经许可，不得以任何方式复制或抄袭本书部分或全部内容
版权所有，侵权必究
如有质量问题，请寄回印厂调换。联系电话：010-64010019